PARIS AU BAL.

IMPRIMÉ PAR BÉTHUNE ET PLON, A PARIS.

PARIS

PAR

LOUIS HUART.

50 VIGNETTES

PAR CHAM (DE N..).

PARIS.

AUBERT ET Cie, PLACE DE LA BOURSE;

MARTINON, rue du Coq, 4;
PILOUT, rue Saint-Honoré, 70;
MASGANA, galerie de l'Odéon;
DUTERTRE, passage Bourg-l'Abbé.

1845

PRÉFACE, AVANT-PROPOS,

OU SI VOUS AIMEZ MIEUX

ENTRÉE EN DANSE.

J'aurais bien envie de faire le savant et de remonter jusque dans les nuits des temps les plus reculés pour vous donner des notions exactes sur le carnaval, le bœuf gras et le cancan chez les Grecs, les Romains et autres Egyptiens !

Mais deux considérations également graves arrêtent ma plume qui commençait déjà à frissonner sur mon papier glacé.

Première considération très-grave. — Pour vous apprendre une foule de choses sur ce sujet, il faudrait d'abord que je commençasse à me les enseigner à moi-même, ce qui ne laisserait pas que d'être assez long, — cela pourrait même retarder l'apparition du présent ouvrage jusqu'à l'année 1850, ce qui ne ferait plus le compte des onze mille souscripteurs qui ont formellement manifesté le désir de l'avoir en 1845.

De plus, cela serait encore bien moins le compte de mon éditeur, qui m'a payé cet ouvrage d'avance. — Gros imprudent !

Deuxième considération encore plus grave. — Une fois qu'il serait bien prouvé, à la face de l'Europe, que je suis savant, très-savant, et que je pourrais au besoin faire une dissertation sur l'*influence du cornet à bouquin sur la civilisation*, ou tout autre sujet également digne des prix de l'*Institut historique,* ou de l'*académie des Sciences morales et politiques*, il est très-probable que ces corps savants m'appelleraient dans leur sein. — Comme j'ai une énorme disposition à l'embonpoint et à l'attaque d'apoplexie, je me, verrais obligé de refuser le somnifère honneur de m'asseoir dans un fauteuil académique.

Les savants, irrités de mon refus qu'ils qualifieraient de blessant, me diraient des choses peu flatteuses ; je leur en répondrais de complétement désagréables, ils m'en re-répondraient d'atroces, et tout cela finirait par devenir insupportable et déplacé quand nous serions arrivés à une époque de l'année où il n'est plus admis qu'on peut, comme dans les jours gras, se disputer et se dire une foule de choses de vive bouche sans se fâcher.

Ainsi donc, toute réflexion faite, nous allons écrire le présent chapitre de manière à ce qu'il soit le moins possible susceptible d'être couronné par la moindre académie, fût-elle de province.

On ne saurait trop prendre ses précautions, par tous les prix qui courent. — On s'endord simple garde national, et un beau matin, grâce à M. de Monthyon, Gobert ou autres philanthropes, qui n'ont pas hésité à se priver de tous leurs biens après leur mort, — on se réveille lauréat de l'Académie française ! — section des époux vertueux, des historiens impartiaux ou des commissionnaires fidèles !

Admettons donc, s'il vous plaît, que le bal Musard était connu dès la plus haute antiquité ; — le masque ayant été inventé par les Grecs, ils n'ont pas dû reculer devant un léger cancan, d'autant mieux que les gardes municipaux n'étaient pas encore, à cette époque, dans l'exercice de leurs fonctions.

Quant aux Romains, la réputation de leurs saturnales doit être arrivée jusqu'à vous; le mont Aventin remplaçait avantageusement la Courtille, et ils le descendaient pendant huit jours de suite, — enfin ils le descendaient aussi long-temps qu'il y avait de gens tant soit peu capables de le remonter.

Le carnaval ne se trouvait clôturé que du moment où tout le peuple roi cuvait sur le Forum son falerne, son chypre et autres vins de Bordeaux plus ou moins épais, car ils n'affectionnaient que du vin ayant un faux air de purée aux croûtons, — moins les croûtons bien entendu.

Quant aux Egyptiens, ils promenaient toute l'année, avec les marques du plus profond respect, comme nous, — non pas un bœuf gras, mais cent bœufs gras; — seulement ils ne les mangeaient pas ensuite, et en cela ils avaient tort, car ils se privaient de bien suaves beefteaks!

Une seule chose m'afflige donc pour ma belle et spirituelle patrie; c'est qu'au lieu d'avoir inventé le vaudeville, elle n'ait pas créé le carnaval. — Mais, que voulez-vous!

du moment où la chose était faite depuis environ trois mille ans, il était difficile de revenir là-dessus, — du moins tel est mon avis.

A moins d'imiter ces perruquiers qui, tout brevetés les uns plus que les autres (sans garantie du gouvernement), inventent tous régulièrement chaque trimestre, et cela depuis un siècle, la même *huile de Macassar* ou la même *pommade du Rhinocéros*.

Le carnaval est, pendant onze mois de l'année, le rêve des nuits des trois quarts des Parisiens, qui ne se consolent de ne pouvoir danser dans certains lieux qu'en allant danser dans une foule d'autres lieux.

Car sauter et crier pendant six ou huit heures de suite, tel est le *délassement* favori des Parisiens qui ont travaillé pendant toute la semaine. Qu'on dise encore que l'homœopathie est une chimère.

Si le débardeur émérite voit arriver avec ivresse le moment où le calendrier et M. Delessert lui permettent de déployer son costume et de secouer la poussière qui en ternissait les nobles couleurs, jugez de la joie qui s'empare du cœur du très-jeune homme qui, s'échappant furtivement à minuit du domicile de ses ancêtres, s'apprête à entrer, pour la première fois de sa vie, dans le bal Musard et dans un costume de pierrot!

Les Italiens prétendent qu'il faut avoir été à Naples au moins une fois pour pouvoir se vanter d'avoir eu un moment agréable dans sa vie; — les Parisiens, eux, disent : — Être pierrot, et puis mourir!

Aussi tout le monde bénit-il le carnaval qui nous vaut de tels divertissements, et notamment les costumiers, les cochers de fiacre, les joueurs de clarinette et les marchands de pâte de Régnaud.

Les seules vieilles portières ne voient pas venir d'un bon œil les bals qui les forcent à tirer le cordon passé minuit, et elles maudissent M. Musard en particulier, et tous les débardeurs en général.

Mais l'univers entier ne peut pas être content à la fois, c'est là une verité philosophique aussi vieille que peu consolante.

Quant à moi, il y a long-temps que j'ai pris mon parti sur les chagrins de la portière : je vous engage à m'imiter.

PARIS AU BAL.

I.

Hommage au grand homme!

Comment écrire sur le carnaval sans consacrer tout d'abord quelques pensées plus ou moins grandioses à l'homme qui, du haut de sa chaise, que dis-je! de son trône, dirige tout un peuple de débardeurs avec un petit sceptre noir qui, de loin, ressemble à un vulgaire fragment de manche à balai, mais qui, de près, a un faux air de bâton de réglisse!

O Musard! ô mon roi! tu accueilles toujours avec un aimable sourire de bienveillance les génuflexions de tous tes admirateurs, permets donc que je me génuflexionne! — et si je ne demande pas avec la foule idolâtre qui t'entoure à baiser la poussière de tes bottes, c'est que je suis trop pressé pour attendre mon tour, et que, d'ailleurs, les rues de Paris, au mois de février, m'effraient un peu sur les suites de cet usage oriental aussi distingué que malpropre.

Avant Musard il y avait bien en France, si vous voulez, des espèces d'orchestres composés d'un plus ou moins grand nombre de violons, clarinettes, flûtes, contre-basses et trombones; — ces braves musiciens, voulant gagner loyalement leur argent, clarinettaient et trombonaient avec toute la force de leurs poumons et de leurs bras, et le tout produisait une musique turque, bonne tout au plus à faire polker l'ours noir de la mer Glaciale avec la sultane favorite de Schahabaham!

Ça faisait pitié, — et, chose plus triste encore, ça faisait mal aux oreilles.

C'était une barbarie complète; nous tournions aux Vandales, aux Iroquois, aux chiens savants!

> Enfin, Musard parut, et le premier en France
> Fit sentir dans nos pas une juste cadence.

Mon Dieu, qu'il est beau, Musard, quand il commence un de ses immortels quadrilles, celui des *Chaises cassées*, par exemple, chaises sur lesquelles il a établi la base de sa renommée!

Ce n'est plus un homme, c'est un Dieu! que dis-je, un Dieu!... mais je suis forcé de me contenter de cette dénomination, puisque la langue française n'est pas assez riche pour me fournir un autre mot digne de Musard... O Musard! t'en contenteras-tu?

Quelques-uns de ces individus, qui ne sont jamais contents de rien, ne sont pas entièrement satisfaits de la figure de Musard; ils vont même jusqu'à dire qu'il est laid!

Musard est jaune, c'est vrai, mais il est très-grêlé; —

or, qu'y a-t-il de plus distingué que la grêle en 1845, en ce temps de vaccine générale, où le moindre petit ferblantier a la peau lisse comme un fils de pair de France.

La seule manière de ne pas être comme tout le monde à notre époque, c'est d'être comme Musard.

Quant à la nuance orange de son visage, c'est encore un bel apanage qu'il a de commun avec l'or et le soleil... et aussi, je l'avoue, avec les gens qui ont la jaunisse.

Et puis, ce que Musard possède en propre, bien en propre (vous voyez que je ne veux pas parler de son habit), c'est son admirable modestie.

Musard a été porté trois cent quarante-cinq fois en triomphe, ce qui fait trois cent quarante quatre fois de plus que Napoléon; eh bien, Musard ne cherche pas à s'en faire accroire, et il a formellement manifesté l'intention de ne laisser placer sa statue en haut d'une colonne quelconque qu'après sa mort.

Bien plus, et vous me croirez si vous voülez, il rend le salut à Meyer-Beer; et une fois, il a consenti à donner une poignée de main à Rossini.

Aussi il faut voir avec quel respectueux empressement, au bal de l'Opéra, la foule vient entourer le grand homme, tellement chacun est avide de pouvoir contempler, ne fût-ce que de profil, cette face auguste.

Les plus hardis débardeurs osent à peine toucher les basques de son habit, et les plus fringantes lorettes ne se sont jamais permis de le tutoyer, — ce qui se fait cependant généralement dans les meilleures sociétés en temps de carnaval.

Et son petit bâton noir, est-il lorgné aussi celui-là! — Il n'y a pas de bâton de maréchal de France qui soit plus glorieux que ce bout de bois de réglisse, —du moins telle est l'opinion aussi consciencieuse que respectable de Musard lui-même. C'est pourtant sous ce bâton que se donnent, chaque nuit de bal masqué, trois ou quatre cents rendez-vous! — Il s'en donne tant même, que bientôt on ne pourra plus se retrouver dans la foule, et le seul moyen bientôt sera de se donner rendez-vous non pas *sous,* mais *sur* le bâton de Musard.

Il est vrai que, pour se livrer à cet exercice périlleux, il faut être d'une certaine force sur la gymnastique; mais qui n'est pas un peu élève d'Auriol dans notre siècle d'acrobates!

Nous nous plaisions tout à l'heure à qualifier Musard de dieu; hélas! il n'est dieu que dans la nuit du samedi au dimanche, et à sept heures du matin il redevient simple mortel, et, plus que personne, il connaît toutes les fatigues d'une nuit passée sans sommeil.

Musard, le grand Musard, sait alors ce qu'il coûte en pour amuser les Parisiens.

Le dimanche et le lundi, enveloppé d'une large robe de

chambre et en tête-à-tête avec un vaste pot de tisane, le dieu de la veille est en proie à toutes les misères de la pauvre humanité, et, comme le roi d'Yvetot, il se plaît à cacher sa couronne sous un gigantesque bonnet de coton.

Alors encore il est beau, mais d'une autre façon.

II.

Les Costumes excentriques.

Sous prétexte qu'il était né *malin*, le Français ne connut, pendant assez long-temps, qu'une seule manière de se travestir en carnaval : c'était d'acheter une petite veste de velours, un pantalon dito, puis d'orner son chapeau de huit ou dix mètres de ruban rouge.

Les Parisiens économes, qui ne voulaient pas se mettre trop en frais, n'avaient même pas besoin de faire emplette de ce costume; ils l'empruntaient au commissionnaire du coin ; — moins les rubans, — les Auvergnats ne se croyant pas suffisamment malins pour avoir le droit d'en porter toute l'année à leur chapeau, lequel chapeau est d'ailleurs d'ordinaire une casquette.

Il y a huit ou dix ans, les Parisiens entrèrent dans une voie toute nouvelle : reconnaissant qu'un bal masqué n'offre un joli coup d'œil qu'à condition d'y rencontrer des costumes différents, ils résolurent de varier leur travestissement, — et se mirent tous en pierrots.

Il faut rendre cette justice aux pierrots, c'est qu'ils évitèrent, autant que possible, la monotonie : — les uns étaient pierrots blancs, et les autres pierrots à carreaux.

Il y avait bien par-ci par-là quelques audacieux qui se mettaient en frais considérables, et qui apparaissaient dans toute la splendeur du costume oriental, — un pantalon cosaque blanc et un gilet rouge de savoyard français, — ou bien quelques romantiques audacieux se montraient en Robert Macaire, pendant que de rares classiques obstinés venaient en arlequin et en polichinelle ; — mais sans cela, partout et toujours, pierrots, pierrots et repierrots !

Du reste, il faut convenir que c'était un costume excellent... pour attraper une fluxion de poitrine en sortant du bal. — Nous ne savons si tous ces infortunés pierrots sont décédés à fleur d'âge, mais le fait est que toute cette nombreuse nichée disparut à la suite de l'hiver 1834, conjointement avec les hannetons qui tourmentaient le département du Calvados en général et M. Romieu en particulier.

Qu'on dise encore que les hivers rigoureux ne servent à rien !

C'est à peine si de temps en temps on aperçoit maintenant, dans les bals masqués, un ou deux pierrots fossiles. — Il y en a qui, pour rafraîchir leur costume tant soit peu frippé, ont bien soin de se faire brosser à la porte du bal par un décrotteur plein de zèle, qui, pour empêcher qu'on aperçoive le gris de la poussière, couvre le dos de sa pratique d'une couche noire de cirage.

Depuis quelques années, les feuilletons de M. Théophile

Gauthier ont porté leurs fruits, et, à part les *postillons de Longjumeau* et les *débardeurs* qui ont fait école, chaque amateur de bal masqué n'a plus connu, pour autre guide dans l'art du travestissement, que la *fantaisie!*

Divine fantaisie qui, par exemple, nous a procuré plus de *Caliban* que d'*Ariel.*

Chicard, l'illustre Chicard, le premier en France arbora le drapeau de l'indépendance, pris sous le point de vue de la culotte, et de la réforme considérée sous l'aspect de l'habit vert à queue de morue.

Et à tous ceux qui hésitaient encore, il cria de sa voix si puissante quand elle n'est pas enrouée : « Enfants, qui m'aime, me suive ; Montjoie et saint Musard ! ralliez-vous à mon panache rouge, vous le trouverez toujours sur le chemin qui conduit... au violon ! »

Tel que l'a fait l'aimable liberté dont nous jouissons, au moins en fait de costumes, le bal masqué de l'Opéra offre le tableau touchant de la fraternité qui régnait du temps de l'âge d'or, car tous les rangs y sont confondus.

Là on voit un prince cosaque faire plus qu'épouser une bergère, car il danse publiquement le cancan avec elle ;— plus loin on aperçoit un marquis donnant le bras à une simple titi, et un tourlourou donnant du pied à un général, sans que ce chef magnanime daigne seulement avoir l'air de s'en apercevoir.

L'année dernière, les principaux personnages du roman des *Mystères de Paris* figuraient fort avantageusement dans tous les bals masqués; — mais, par malheur, le Maître d'école, Bras-Rouge et autres gueux de même farine se confondaient avec les Robert Macaire déjà bien usés, et il était difficile de reconnaître le prince Rodolphe en tenue de la rue aux Fèves d'avec les plus simples voyous.

En 1845, grâce au *Juif errant*, les amateurs ont pu se procurer la satisfaction de travestissements d'un genre complétement constitutionnel.

Voici, par exemple, Morock, le grand dompteur d'animaux aussi féroces qu'empaillés. — C'est avec ses deux lions sous les bras qu'il s'apprête à faire vis-à-vis à une panthère du quartier Breda.

Plus loin nous apparaît le Juif errant qui, du moment

où il aime à courir sans jamais s'arrêter, ne pouvait mieux faire que de venir prendre part au grand galop de Musard, quatre lieues à l'heure, — comme la malle-poste,— et on culbute de temps en temps, toujours comme la malle-poste. Voyez la chaussure du Juif errant ; à force de mar-

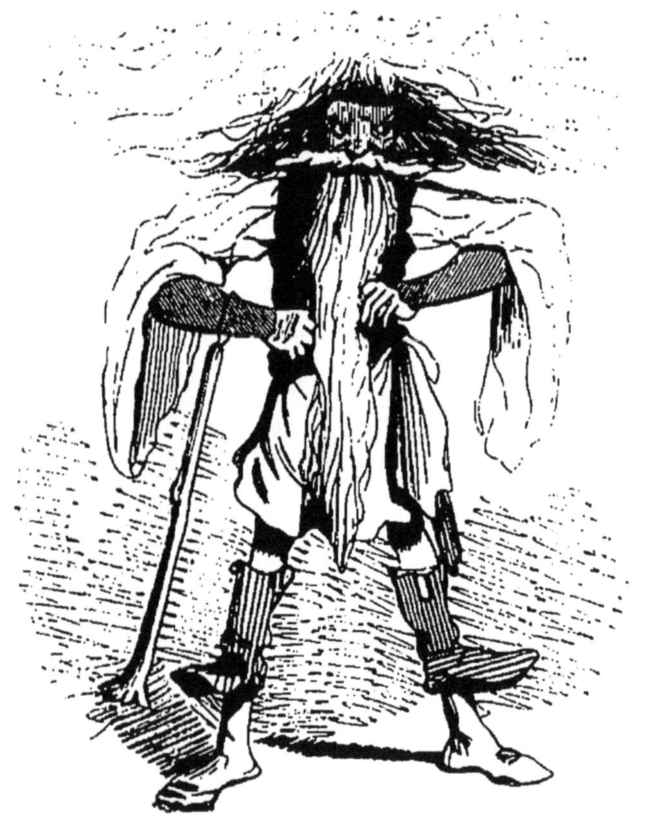

cher, ses bottes, privées de semelles, sont arrivées à la hauteur du mollet. — C'est la seule manière dont cet infortuné, qui n'a que cinq sous dans sa poche, puisse les remonter !

Remarquez également comme tout son système capillaire est inculte et flotte au gré des vents! — il est vrai qu'en cela notre Juif est blâmable; car s'il n'a pas dix sous pour se faire tailler les cheveux, du moins devrait-il se les faire friser moyennant vingt-cinq centimes. — Ses moyens le lui permettent.

Plus loin on rencontre Djelma, suivi d'un étrangleur, qui, tenant toujours son cordon à la main, a l'air, au premier aspect, d'un portier indien.

Plus loin encore, Rose et Blanche ayant l'air aussi candide que peut se le procurer une habituée du bal de l'Opéra. — Par exemple, on voit surtout une foule de reines Bacchanale et de Rose Pompon. — Il n'y a que la pauvre Mayeux qui ne fasse pas son apparition!

Enfin, voici Dagobert qui, lui du moins, a l'agrément d'être parfaitement chaussé; — bottes gigantesques et vénérables qui furent le berceau des deux jumelles, ce qui n'empêche pas M. Eugène Sue de prouver dans la suite que ces jeunes filles descendent d'une tige infiniment plus illustre!

Dagobert, ayant appris que les jésuites se fourrent partout, va les chercher jusqu'au milieu du bal Musard, et il passe hardiment devant le contrôle en demandant : La rue Saint-François, s'il vous plaît.

Vieux farceur de Dagobert, va!

Profonds politiques et à la piste de toutes les nouvelles étrangères, les disciples du grand Musard lisent exactement le *Moniteur* pour connaître où en est la question d'Orient, la question chinoise ou la question-Pomaré : — le

tout, pour prendre des travestissements analogues à la circonstance.

Aussi cette année, le *Mandarin*, fort négligé depuis quelque temps, a-t-il repris faveur; — seulement, lorsque ce fonctionnaire du Céleste-Empire veut trop faire sa tête en portant une queue d'une longueur effrayante, il fait bien de s'en entourer la taille en guise de cordelière, sous peine de vexations nombreuses que lui font éprouver les Européens impolis ou distraits.

Les affaires de Taïti en ont amené une foule d'autres

désagréments sur les épaules des amateurs, qui avaient eu l'idée de se mettre en *Pritchard*, — c'est-à-dire de faire la charge de prendre l'habit rouge britannique; mais comme une foule de débardeurs faisaient ensuite la charge d'administrer des coups de pied et des renfoncements à ce genre de personnages, l'habit Pritchard a décidément été regardé comme très-mal porté.

M. Pritchard est encore capable de demander une indemnité pour les renfoncements qu'il a eus en effigie aux bals masqués! — et alors, comme M. Loyal, il dira volontiers : « Frappez, frappez, j'ai cinq enfants à nourrir ! »

Pour consolation, les monomanes du genre polynésien se sont rabattus sur l'uniforme des officiers de sa majesté Pomaré.

Autre inconvénient! Des sergents de ville, trouvant que cet uniforme, composé uniquement d'un casque en plumes et d'une bretelle mise en ceinture, est trop décolleté pour la France et pour les yeux de M. Musard, couvrent de leur manteau virginal et bleu de roi les épaules de ces Taïtiens, — puis poussent même l'attention jusqu'à les conduire dans un asile contre toute espèce de persécution française, — c'est-à-dire dans un poste défendu par quinze hommes et un sergent.

Il est un costume encore plus dangereux que celui de Taïtien ou de Pritchard, et nous engageons bien vivement les amateurs de travestissements excentriques à s'en méfier, — c'est une peau d'ours, de loup ou autre tigre quelconque.

On est bien fourré, si vous voulez, et parfaitement à l'abri de rhumes de cerveau ; mais il est fort dangereux de revenir chez soi autrement qu'en citadine, — heureux encore si, à votre aspect carnassier, les chevaux de ce véhicule ne prennent pas le mors aux dents.

Si vous revenez à pied, méfiez-vous surtout des rues où demeurent des bouchers et par conséquent des dogues!

Soyez donc loup pour ne pouvoir seulement pas vous faire respecter d'un chien!

III.

Entre onze heures et minuit.

Les soirs de bals masqués, le boulevard commence à prendre un air de fête dès dix heures du soir; — c'est-à-dire que deux ifs lumineux, formés de vulgaires lampions ou de gaz aristocratique, s'allument tout à coup, et révèlent au bon bourgeois qui rentre chez lui pour se coucher, que cette nuit il y aura grand festival à l'Opéra, à l'Opéra-Comique, ou à l'Ambigu, — suivant le degré de longitude où se trouvent ledit bourgeois et lesdits lampions.

A cette illumination joyeuse, une foule de braves Parisiens, qui jusqu'alors n'ont jamais mis le pied dans un bal masqué, sentent naître au fond du cœur un extrême désir d'aller prendre part à une fête qui se révèle à leurs yeux par des dehors si éblouissants!

Aussitôt, saisi d'une espèce de vertige, notre homme, complétement marié, oublie la mortelle inquiétude dans laquelle il va plonger femme, enfants et portière; — lui aussi veut à tout prix aller au bal, — pourvu, toutefois, que cela ne lui coûte pas plus de cinq à six francs.

Mais ce n'est rien que de jeter son bonnet de coton d'homme marié et rangé par-dessus les moulins; il faut encore attendre l'heure solennelle de minuit, et c'est là le plus difficile.

Cent vingt mortelles minutes doivent parcourir leur route sur le cadran solaire de l'éternité avant que l'on puisse entrer dans le sanctuaire; — et comme cent vingt minutes passées sur le boulevard au mois de janvier ou de février formeraient beaucoup plus de deux heures, — le Parisien se voit obligé ou de renoncer à son plan voluptueux, et de rentrer chez lui en maudissant M. Musard qui ne fait les honneurs de son salon qu'à minuit précis, — ou d'entrer dans un café pour se placer en tête-à-tête d'un verre d'eau sucrée, toujours pour se monter l'imagination.

Pendant le premier quart d'heure, notre bourgeois lit le *Messager*; — durant le second quart d'heure, il relit le *Messager*; — quand commence le troisième quart d'heure, il est parti, ou il dort sur la table de marbre jusqu'à quatre heures du matin. — Du reste, il a l'agrément quelquefois de rêver qu'il est au bal.

Cette heure tardative pour le commencement des plaisirs du carnaval fait perdre au moins deux ou trois mille francs de recette par bal.

Les débardeurs les plus éveillés éprouvent eux-mêmes le besoin de tuer le temps de dix heures à minuit, et c'est alors que, pour se distraire, ils se livrent à une foule de facéties; ils cassent les queues de billard, vont parler po-

litique et cancan avec la dame de comptoir, et jettent impitoyablement à la porte le garçon qui vient leur donner sa parole d'honneur que d'ordinaire on ne fume pas dans l'établissement.

Les jeunes gens tout frais échappés de collége, les étudiants en droit de première année, ayant entendu dire à leurs anciens qu'il ne faut jamais aller au bal sans s'être

d'abord bien mis en gaieté par une petite collation préalable, se mettent d'ordinaire tellement en train que ceux qui ont le vin tendre pleurent comme des faons qu'on aurait séparés de leur biche, — pour nous servir d'une comparaison aussi pastorale que possible.

Les anciens en sont quittes pour les confier aux soins maternels d'un garçon de café, — et ils viennent les rechercher le lendemain matin à sept heures.

Ce qui ne les empêche pas d'écrire le lendemain à leurs camarades qui ont encore à faire une année au collége, — qu'ils se sont fièrement amusés à leur premier bal de l'Opéra, et qu'on ne peut pas s'imaginer ce que c'est si l'on n'a pas passé par là.

Puis quelquefois même l'échappé de collége termine sa lettre par le catalogue des marquises et comtesses qui, — toutes plus espagnoles les unes que les autres, — ont pris un domino pour venir se disputer son cœur.

Notre collégien, qui lit tous ces détails en cachette à la clarté d'un quinquet fumeux, envie le sort de son bienheureux camarade, et se lamente sur ce qu'il ne pourra goûter tous ces plaisirs que dans un an ! — ou même dans deux ans, s'il est refusé à son premier examen de bachelier ès-lettres !

Notre infortuné est obligé d'aller se coucher à neuf heures, juste une heure avant qu'on allume les ifs de la porte de l'Opéra, — et il maudit le ciel, la grammaire grecque et les pions!

IV.

Le bal de l'Opéra.

A notre époque, tout le carnaval parisien se résume à peu près dans le bal de l'Opéra.

Mais aussi, quel Opéra et quel bal!

Il faudrait Martinn, ce fameux artiste anglais qui ne consent à peindre que le déluge, le festin de Balthasar ou autres petits tableaux du même genre, pour retracer dignement sur la toile le coup d'œil offert par l'immense salle de l'Opéra, quand cinq ou six mille danseurs, aux costumes tous plus fantastiques les uns que les autres, se livrent à des poses infiniment plus fantastiques encore.

Je n'ai jamais vu un grand roût chez Lucifer; mais je suppose que les choses ne doivent point se passer différemment qu'au bal Musard.

Jugez donc notre embarras pour vous dépeindre ce pandæmonium, nous qui, au lieu du pinceau de Martinn, ne possédons qu'une plume Perry, et Cham lui-même, notre spirituel dessinateur, n'a en ce moment à sa disposition, pour vous faire le tableau de ce lieu gigantesquement folâtre, qu'un panneau de bois de deux pouces carrés. — Ce n'est réellement pas assez.

Cependant nous vous offrons ci-dessous, en petit, en très-petit, une image fidèle du bal masqué de l'Opéra. — Rien qu'en contemplant cette vignette, je danse sur ma chaise !

Les vieux Parisiens, qui ne connaissent le carnaval que

par la promenade du bœuf gras, et qui se rendent sur les boulevards, dans l'espérance de voir défiler ces antiques cavalcades qui faisaient les délices de nos pères, — sont fort surpris de voir qu'ils ne voient rien, — et ils rentrent chez eux en secouant tristement la tête et en disant : « On ne s'amuse plus comme de notre temps ! »

Avec tout le respect que je leur dois, je me permettrai de traiter ces personnages de vieux radoteurs !

Ces respectables patriarches ont raison, s'ils tiennent absolument à ce que, pour s'amuser, on se mette en Espagnol pour aller patauger dans la rue des boues de Paris ; — mais je doute qu'à aucune époque de l'Empire ou du Directoire on ait jamais dansé avec plus de frénésie qu'actuellement.

Et il faut croire que les milliers de débardeurs s'amusent grandement, puisqu'ils continuent leurs exercices jusqu'à ce que le préfet de police arrête les bras des violons et les jambes des danseurs au nom de la raison, de la vertu et du carême.

Si, par une fantaisie de l'almanach, le jour de Pâques vient à tomber une fois vers l'époque de la Toussaint, les Parisiens seront capables de danser pendant trois cents jours et trois cents nuits de suite sans quitter leur costume de caractère.

Ce qui prouve mieux que tous les discours du monde l'immense développement pris par le bal de l'Opéra depuis quelques années, c'est le chiffre des bénéfices d'une entreprise qui jadis n'avait que des chances de perte. — Malgré les frais énormes d'orchestre et de luminaire; malgré un fermage de quarante mille francs payé au directeur du théâtre, la société qui exploite les bals de l'Opéra est arrivée à avoir, l'hiver dernier, soixante mille francs de bénéfices gagnés en deux mois : — et le carnaval de 1845 en vaudra au moins soixante-dix mille, car presque toutes les recettes de chaque bal s'élèvent à quatorze mille francs.

Quand on présente ce chiffre aux partisans de l'ancien système du carnaval à Paris, leurs soupirs ne font que redoubler, et ils crient à la profanation, parce que les Parisiens se permettent de danser sur un théâtre... spécialement consacré à la danse.

Ne semble-t-il pas que c'était un bien heureux temps que celui où l'on allait au bal de l'Opéra uniquement en habit noir et en cravate blanche, — toilette de nuit qui, pour le résultat auquel on arrivait généralement, aurait été bien plus avantageusement remplacée par une robe de chambre et un bonnet de coton.

Actuellement on ne dort plus à l'Opéra ; — c'est une justice qu'il faut rendre à Musard et à sa grosse caisse.

S'il est des gens qui se procurent encore de temps en temps cette satisfaction au fond d'une loge, ils doivent avoir un sommeil furieusement agité dans les moments où les quadrilles de Musard vont *crescendo*, — et, règle générale, dans tous ses quadrilles, Musard va toujours *crescendo*.

« Les femmes honnêtes ne peuvent plus aujourd'hui aller au bal de l'Opéra. » Telle est la phrase lamentable que se plaisent surtout à répéter les partisans de l'ancien régime.

Mais, franchement, nous ne comprenons pas trop ces doléances.—D'abord, est-ce bien la place d'une femme honnête qu'un bal masqué quelconque, où elle peut être tutoyée par son coiffeur sans qu'elle ait le droit de se formaliser le moins du monde ?

Et en second lieu, une femme honnête court-elle plus de danger dans un bal où on danse des pas un peu trop folâtres, si vous voulez, mais qu'elle a droit de ne pas regarder plus long-temps qu'il ne lui convient, — que dans un bal où elle se rend uniquement pour intriguer et être intriguée ?

Or, vous savez quel est le fond de toute conversation entamée sous le masque ? — l'amour et les maris en font toujours les frais.

Il est des personnes qui trouvent ce divertissement plus honnête que de voir danser un léger cancan. — Chacun son opinion !

Du reste, que les *femmes* dites *honnêtes* se rassurent, elles trouveront encore moyen de causer, en 1845, au bal de l'Opéra, dans le foyer, qui a été spécialement réservé à ce genre de délassement ; — et les amoureux eux-mêmes bénissent la grosse caisse de Musard, puisque, grâce à son bruit assourdissant, ils ont droit de risquer toutes les phrases les plus passionnées. — On peut tout dire à une femme, quand elle est censée ne rien entendre.

Mais l'*intrigue au bal* est un sujet trop délicat pour que nous ne lui fassions pas l'honneur d'un chapitre spécial.

V.

L'intrigue au bal.

Jamais l'esprit d'intrigue, — pardon si je me sers de ce mot d'esprit dans cette circonstance, — jamais l'intrigue, si vous aimez mieux, ne fut peut-être portée à un plus haut degré qu'à notre époque, toujours quoi qu'en disent les vieux amateurs aux souvenirs infiniment trop rétrospectifs.

Il est vrai que si l'intrigue est générale au foyer de l'Opéra, en revanche elle se borne à « je te connais, beau masque » (il est d'usage au bal d'appeler *beau masque* tout individu qui est là en habit plus ou moins noir et à visage entièrement découvert); — puis, après ces mémorables paroles de : « Je te connais, beau masque, » le domino ajoute quelques phrases qui prouvent que d'ordinaire il ne vous connaît pas du tout, — ou bien qu'il vous a reconnu tout d'abord pour un galant homme parfaitement susceptible de lui offrir un souper.

Du reste, mieux vaut encore tomber sur un de ces dominos sans façon, qui n'ont aucun préjugé, — pas même celui de la grammaire française, — que d'être accroché par un domino bas-bleu ou sentimental qui, pendant deux heures, vous tient des propos non pas à dormir debout, parce que je crois peu de personnes susceptibles de pouvoir se livrer à ce difficile exercice, — mais du moins des propos suffisamment opiacés pour vous faire bâiller d'une manière démesurée, — même au foyer de l'Opéra.

Dans le temps où la police s'amusait à faire courir des

bruits plus ou moins étranges pour occuper les badauds, elle fit, entre autres choses, croire aux Parisiennes qu'il se rencontrait infiniment souvent au bal de l'Opéra des princes russes et des barons allemands qui ne demandaient qu'à déposer leur cœur, leur main et leur baronnie aux pieds des dominos qui parvenaient à les captiver. — Astucieuse police!

Rien n'a pu déraciner cette idée de la tête d'une foule de lorettes superstitieuses, qui, du reste, ont toutes les faiblesses de croire aux cartes, au marc de café et aux princes russes!

Il n'y a qu'en leur propre vertu qu'elles ne croient pas.

Tous les samedis, à minuit, heure des revenants, on voit descendre, des différentes rues qui serpentent sur les flancs de la butte Montmartre, des jeunes personnes qui, accompagnées de leur mère ou de leur tante, se rendent au bal de l'Opéra pour faire la connaissance du prince russe qui doit définitivement les épouser. — Et comme un domino, qui sait ce que c'est que le monde, ne sort jamais sans un chaperon, à défaut de parente respectable, notre lorette se fait accompagner par sa femme de ménage, comme elle l'a prise pour tout faire, elle lui fait faire la tante.

Il est une chose certaine, c'est qu'au foyer de l'Opéra, les messieurs gris-pommelé, ayant du ventre et un nez quelque peu kalmouck, ont infiniment plus d'agrément que les plus jolis cavaliers du monde.

Un joli garçon est, aux yeux de la lorette, un joli garçon, certainement elle s'y connaît trop pour dire le contraire, — mais ce n'est qu'un joli garçon ; — tandis qu'en voyant le monsieur gris-pommelé, ayant du ventre et un nez kalmouck, la lorette, émue, se dit immédiatement : « Voilà le prince russe de mes rêves ! »

Vingt fois, cent fois trompée dans son fol espoir de devenir sujette de sa majesté le czar, la lorette n'en persiste pas moins dans sa recherche opiniâtre, — et pour la cent et unième fois, elle reprend son fol espoir quand elle retrouve le signalement du boyard tant désiré. — Sans hésiter, notre domino aborde ce personnage au nez retroussé, quand bien même il aurait l'uniforme d'un sergent de ville.

A ses yeux de sergent de ville prend l'apparence d'un prince russe travesti.

Les *femmes honnêtes*, qui se rendent en cachette au bal de l'Opéra, n'y vont pas du moins pour courir après de fantastiques boyards : — d'abord elles ont un époux, et ça leur suffit.

Mais elles y cherchent d'autres personnes à intriguer, — plaisir bien innocent, — que souvent cet imbécile de mari a la petitesse de prendre en mauvaise part, et c'est avec des manières parfois brutales qu'il prétend ramener sa femme dans le chemin de la vertu et du domicile conjugal !

VI.

De la Polka, de la Mazourka et du Cancanka.

Il est un fait qu'on ne peut nier, c'est que la danse française a fait d'immenses progrès depuis une dizaine d'années!

Les gens qui trouvaient que les Français dansaient en marchant négligemment et d'un air ennuyé, doivent être satisfaits ; — on ne marche plus aujourd'hui, au bal masqué, que sur les pieds des curieux. — Du reste, quels bonds ! quels sauts! quelle télégraphie des jambes et des bras!

Quand le cavalier seul va en avant dans la naïve figure de la Pastourelle, il se livre surtout à toute l'improvisation de son génie, et sur cinq cents danseurs pas un n'imite son voisin.

Il en est même dont le génie s'allume tellement, que le garde municipal est obligé de venir calmer cet excès d'enthousiasme.

Il faudrait un volume entier rien que pour cataloguer

tous les pas créés par les Vestris des bals publics, — depuis la *Chaloupe orageuse* jusqu'à l'avant-deux du *Taureau furieux*.

Car notez que chaque hiver la mode change complétement; et tel étudiant qui brillait à la Chaumière en 1840 serait traité de perruque et de rococo, au moins autant que feu M. Trénis, si, en 1845, il revenait du fond de la province avec son pas de caractère qui l'avait fait proclamer grand homme par le père Lahire lui-même.

Une seule chose reste toujours de mode dans tous les quadrilles de bals champêtres quelconques, — c'est, lorsqu'on va en avant-deux avec une dame, de la serrer contre son cœur.

C'est galant, délicat, de bon goût, enfin, c'est vraiment frrrrançais !

Grâce à la pudeur naturelle de leur sexe et à leur jupe qui les gêne beaucoup, les danseuses se livrent à des écarts moins prodigieux que les cavaliers ; — aussi, la plupart de ces dames affectionnent-elles beaucoup le costume masculin pour se rendre au bal masqué. — On ne voit que débardeuses, que hussardes, etc., etc., — sauf ensuite à se montrer excessivement *chipies* les soirs où elles viennent au bal en domino.

Chipie est un mot qui se dit au bal de l'Opéra, où l'on en dit, ma foi, bien d'autres!

Du reste, une autre remarque assez singulière et que Legouvé a oublié de signaler dans son poème du *Mérite des Femmes*,, c'est que la danseuse la plus frêle, la débardeuse la plus mignonne, supporte infiniment mieux la fatigue du bal Musard que le fort de la halle le plus vigoureusement constitué.

Au bout de vingt-sept contredanses et de cinq galops, un hussard, quelque Chamboran qu'il soit, commence déjà à sentir un peu de roideur dans les articulations; — mais sa hussarde, plus frétillante que jamais, commence seulement à entrer en haleine, et, à sept heures du matin, elle serait capable de faire le tour du Champ-de-Mars en cinq minutes, et de gagner le prix royal, si ce genre de course était encouragé par le gouvernement. — Mais le gouvernement n'y a pas encore songé; il faut espérer que cela viendra un jour ou l'autre.

L'introduction toute récente des danses hongroises en France a influé sur le cancan national et l'a rendu plus sautillant que par le passé ; car, dans l'ancien système, le bras dansait au moins autant que la jambe.

Par exemple, toutes les poses polkantes et mazurkantes, autorisées par le préfet de police, puisqu'elles font le principal ornement des bals de la meilleure société et que ces danses sont admises dans le salon de M. de Rambuteau lui-même, — ces poses allemandes, disons-nous, ont eu pour effet de brouiller complétement les idées de la garde municipale française.

Ces braves municipaux, défenseurs nés de la morale qu'ils se chargent de protéger à vingt-cinq sous par nuit, sont mis à chaque instant dans la perplexité la plus cruelle, d'autant mieux que le débardeur, qui, d'ordinaire, a la langue bien pendue en sa qualité d'étudiant en droit et de futur avocat, plaide sa cause et défend son pas avec une logique et une volubilité désespérantes.

A croire le débardeur, tout est polka, tout est autorisé ; — il n'est pas jusqu'aux coups de poing et aux coups de pied administrés dans un moment de discussion générale, qu'il ne veuille ensuite faire passer pour un divertissement également hongrois.

Le garde municipal n'a qu'un argument à opposer à tant de raison, mais cet argument est victorieux : — c'est le violon.

Le nom seul de cet instrument gouvernemental fait sauter encore bien plus le débardeur, qui assez souvent est rageur : c'est là son moindre défaut. — Ajoutons que presque toujours, force reste à la loi et aux verrous de sûreté.

VII.

Les petits Malheurs du bal masqué.

Il ne faut pas croire, ô candide provincial, sur la foi des feuilles publiques et de la Renommée, autre craqueuse, que le parfait bonheur sur terre se rencontre au bal de l'Opéra, et que, pour goûter des jours heureux, il suffit d'y passer toutes ses nuits de carnaval.

Certes, le bal masqué a bien son charme ; mais pourtant, outre que l'âme naïve, qui se rend en ce lieu pour chercher une autre âme non moins naïve qui corresponde à son cœur, se trouve bien souvent volée ; — outre ce premier inconvénient, disons-nous, le bal masqué en a d'autres qu'il serait trop long de détailler et que nous nous contenterons d'indiquer.

Si quelquefois le cœur est froissé, les pieds le sont bien davantage encore, — surtout lorsqu'on est en train de faire queue à la porte de l'Opéra, de onze heures et demie à minuit; — par exemple, une fois qu'on a eu le bonheur de pénétrer dans le foyer, c'est encore pire.

Si, pour échapper à cette Saint-Barthélemy de cors, à ce massacre de durillons, un brave rentier, possesseur d'une figure tant soit peu candide, se met à fuir le corridor aux dominos où il n'a rencontré que des noirs, et pénètre dans la salle où s'agitent les débardeurs et autres noceurs, il ne tarde pas à être entrepris par quelque jeune titi mâle ou femelle, qui lui tient des propos qui lui font rougir jusqu'au coton qui se trouve dans ses oreilles.

Car, notez que tout se dit à l'Opéra; — si les visages

sont masqués, en revanche les mots ne sont pas même gazés. — Cela fait compensation.

L'homme qui a de la vertu se sauve alors sans demander même au contrôle une contre-marque, — que d'ailleurs on ne lui donnerait pas.

D'autres bourgeois, plus lovelaces et ne voulant pas quitter le bal sans avoir au moins ébauché une bonne fortune, arrêtent tous les dominos qui se promènent seuls, et, règle générale, tous les dominos seuls se laissent accoster, — à moins pourtant qu'ils ne vous accostent eux-mêmes tout d'abord.

Le domino qui erre sentimentalement dans les corridors de l'Opéra, semble toujours poursuivi par une idée; — et c'est l'idée de se faire payer n'importe quoi par n'importe qui.

Ce n'est d'abord qu'une modeste orange qu'elles demandent pour apaiser la soif qui les dévore, — soif que le galant se plaît à expliquer en pensant que c'est l'indice d'un amour brûlant qui s'allume en sa faveur. — Aussi mord-il immédiatement à l'orange.

Une fois arrivé devant le comptoir, le domino change

d'idée, ou plutôt ses idées se multiplient; — c'est-à-dire qu'elle prend trois oranges, — à vingt sous pièce — plus un léger bâton de sucre de pomme.

Il faudrait être un Bédouin pour refuser si peu de chose à une femme qui doit être charmante; aussi notre monsieur paye-t-il le tout, montant à six francs.

Quand on vient de solder pour six francs de douceurs, on croit bien pouvoir se permettre d'en débiter quelques-unes par-dessus le marché. — Mais au premier mot, le domino, qui a fourré toutes ses provisions dans les poches de son domino, poches qui doivent éclipser celles de Bertrand lui-même, le domino, disons-nous, répond : « Monsieur, je ne vous comprends pas ! »

Le monsieur, croyant avoir affaire à une danseuse un peu vertueuse, ce qui ne lui donne que plus de charme, cherche à devenir plus intelligible; et alors notre domino, quittant le bras du lovelace, s'éloigne avec un air de dignité en laissant tomber d'un masque dédaigneux ces nobles paroles : — *Monsieur, je vous dis zut!*

Le monsieur, stupéfait, reconnait à cette note qu'il n'a pas eu affaire à une danseuse, et se dit que c'est une chanteuse.

Il est certain qu'il existe à l'Opéra une foule de dominos qui, pour le tour de l'orange, sont d'une adresse qui surpasse de beaucoup celle du fameux escamoteur du boulevard Bonne-Nouvelle lui-même. Philippe fait sortir une multitude de fleurs du même chapeau; —mais faire entrer une multitude de fruits dans la même poche me semble encore plus miraculeux.

N'êtes-vous pas de mon avis?

Je ne m'explique ce tour qu'en pensant que ce sont toujours les mêmes oranges que se font payer ces dames, qui les rapportent à la marchande, en partageant, à la fin du bal, les dividendes de cette société en commandite, dont le monsieur inflammable est actionnaire.

D'autres fois la mystification est plus complète encore : c'est quand un domino, doué d'un robuste appétit, se fait payer un souper à dis... ou plutôt à indiscrétion.

Le naïf amphitryon, en voyant disparaître les ailes et les cuisses de poulet, les bouteilles de bordeaux, puis du champagne, les omelettes soufflées et non soufflées, s'étonne d'avoir affaire à une dame jouissant d'une santé si formidable, tout en ayant une petite voix enrhumée. —

Puis au dessert tout s'explique : — cette demoiselle est bonnet à poil dans la garde nationale!

Mais en 1845 il faut arriver de bien au delà de Pézenas pour se laisser encore attraper de la sorte, — les compatriotes de M. de Pourceaugnac eux-mêmes ne s'y laissent plus prendre.

Au nombre des petits malheurs des bals masqués, nous ne comptons pas les foulards égarés et les bourses qui ne se retrouvent pas. — Ceci n'est pas l'apanage exclusif du bal public, cela arrive journellement dans les meilleures sociétés. — Un vieux dicton du temps de l'empire nous apprenait qu'on ne pouvait pas se réunir à trois sans qu'il y ait un agent de police.

De notre temps, tout cela est changé ; et quand vous voyez trois individus rassemblés, dites hardiment : — Sur ce nombre il y a au moins deux filous.

Par exemple, si vous êtes rue aux Fèves, ou sous le péristyle de la Bourse, vous courez risque de vous tromper dans ce calcul : — ce n'est plus deux filous, mais bien trois qu'il faut peut-être compter.

Autres temps, autres additions.

Dans les jours gras, l'allégresse publique redoublant, l'esprit des individus travestis croit devoir imiter l'allégresse ; et presque tous les débardeurs croiraient manquer à leur mission sociale s'ils n'apostrophaient chaque individu qu'ils rencontrent par cette phrase de rigueur : « Ohé, ohé, c'te tête ! »

Les plus spirituels disent *c'te balle!* — mais il faut être très-fort pour en venir là.

Les pierrots et autres arlequins ont conservé une autre

tradition de Venise et de l'époque de Napoléon, c'est de lithographier, à l'aide de leur latte, des grenouilles et des rats sur les habits ou sur les joues des personnes qu'ils jugent à propos d'honorer de cette marque de familiarité.

Un autre petit malheur du bal masqué, c'est d'y aller en chapeau rond et en tenue aussi bourgeoise et aussi respectable que possible, et d'en revenir tête nue ou pis que cela, avec la tête couverte d'un chapeau de général à plumet gigantesque, unique débris trouvé sur le champ d'une bataille livrée aux sergents de ville, par une troupe de balochards indisciplinés !

Un respectable médecin fut, un matin, obligé de rentrer ainsi chez lui avec cette coiffure de fantaisie, et sa portière ne voulait pas le laisser monter, croyant avoir affaire à un marchand de thé suisse.

VIII.

Les Jobards au bal.

Il est un fait qu'il faut reconnaître, c'est qu'il y a beaucoup de jobards dans notre belle patrie ; — nous nous plaisons à croire qu'ils ne sont pas Français, et qu'ils ont seulement été attirés à Paris par la douceur du climat et des sergents de ville.

Quoiqu'on prétende que les pauvres d'esprit sont heureux (sorte de fiche de consolation qu'on leur a donnée et qu'ils ont acceptée), pourtant ils ne jouissent pas en général d'une béatitude complète dans les bals masqués.

Il est certaines gens qui semblent porter écrit, en lettres moulées, sur leur large figure : « Attrapez-moi, je vous en prie, faites-moi le plaisir de m'attraper ! »

Les débardeurs et débardeuses sont trop polis pour se

refuser à une invitation si pressante; et, après le cancan, il n'est pas de plus grande satisfaction que de mystifier les âmes candides et primitives qui veulent bien les honorer de leur confiance.

Très souvent, pour être encore plus facilement reconnu dans la foule, le jobard prend un travestissement. — Il est vrai que ce travestissement consiste en un nez de carton. Il n'est sorte d'avanies auxquelles ne soit exposé le malheureux nez de carton. — De guerre lasse, et ne sachant où se fourrer, il finit par se mettre au fond de la poche de son propriétaire, — et alors le jobard est mystifié à visage complétement découvert. — Ça le change un peu.

Quand il est bel homme, et il arrive assez souvent que le jobard soit un bel homme, il ne se contente pas de venir au bal en se costumant avec un nez en carton; il choisit un travestissement qui avantage plus son physique, et il se pose en magnifique Castillan ou en superbe Andalou, — toque à plumes et petit manteau de satin, ou culotte de velours et feutre orné de toute une boutique de marchand de rubans.

Enfin un travestissement à mollet! Rien n'a rendu le bel homme malheureux comme l'apparition du pantalon en France; ce vêtement le prive d'exhiber aux regards ébahis tous les agréments d'un tibia calqué sur celui de l'Apollon du Belvédère.

Notre Espagnol, costumé de la sorte, se pavane sur le boulevard en comte Almaviva, dès dix heures du soir, — sans le moindre manteau, car cela gâterait l'harmonie de son costume; et, avant d'entrer au bal, il attrape généralement un rhume de cerveau, plus cinq ou six boules de neige, attendu que le gamin de Paris, dans son orgueil patriotique, aime beaucoup à humilier les puissances étrangères dans la personne d'un de leurs plus magnifiques représentants.

C'est surtout vers deux ou trois heures du matin que l'on trouve une bonne collection de têtes qui font faction vis-à-vis de chacun de ces grands hommes de l'Opéra.

Rameau, Lulli et autres musiciens célèbres ne se doutaient guère qu'après leur mort ils serviraient de signes de ralliement aux amoureux du dix-neuvième siècle, et, par suite, aux jobards de la même époque.

Il n'est pas de domino qui, outre un, deux, ou même trois rendez-vous sérieux, n'en donne une douzaine d'autres imaginaires; tous ces soupirants sont impitoyablement envoyés faire faction devant le même buste, — en face duquel ils posent à qui mieux mieux !

Heureux encore celui qui en est quitte pour une faction, et qui s'en va après deux heures d'attente en maudissant une inexacte beauté !

Quelquefois le domino n'est que trop fidèle au rendez-vous du souper, et alors le jobard maudit encore bien plus son étoile et son bonheur.

C'est quand il paye à souper à une vieille femme.

La stupéfaction de notre homme à bonne fortune est à son comble, et ne peut être comparée qu'à celle qu'éprouve une autre classe de jobards lorsqu'ils se rendent au bal masqué.

Nous voulons parler de ces familles vénérables qui, venues à Paris du fond de leur vertueuse province pour visiter, quinze jours durant, tout ce que la capitale offre de curieux, ne croient pouvoir se dispenser d'aller passer une soirée dans un de ces bals publics que les journaux les plus politiques et les plus graves recommandent vivement à leurs lecteurs, à la colonne des *réclames*, en disant que *le bal *** est plus que jamais le rendez-vous de l'élite de la société parisienne!*

Le monsieur de Quimper-Corentin ou de Brives-la-non-Gaillarde frémit, pâlit et rougit, le tout dans l'espace de la même minute, lorsqu'ayant été reçu, moyennant ses trois francs, dans ce lieu de réunion de l'élite de la société parisienne, il s'aperçoit qu'il procure à sa vertueuse épouse et à son non moins vertueux moutard le spectacle d'une danse qui n'a pas même de nom à Quimper-Corentin !

Comme il ne peut pas croire qu'un journal comme le *Constitutionnel* ou la *Presse* l'ait abusé, notre homme retourne dans son chef-lieu en emportant une détestable idée de la société parisienne,—dont même il n'a vu que l'élite.

IX.

Les jours spécialement gras.

Il est certains jours de l'année que l'on est convenu de nommer gras, nous ne savons trop pourquoi, à moins qu'ils n'aient emprunté cet adjectif au bœuf qui est le plus bel ornement de la fête nationale qui se pratique à Paris depuis des siècles, de père en fils et de bœuf en veau.

A cette mémorable époque qui clôture le carnaval, les danseurs parisiens ne sont plus des fous ordinaires ; ce sont des fous furieux, auxquels il faudrait presque mettre une camisole de force aux jarrets.

Je plains vivement les chefs arabes d'avoir quitté Paris avant les jours gras, car c'est dans ce moment surtout qu'ils auraient pu acquérir une haute idée de la civilisation française prise au point de vue... de la bête à cornes.

Il est certain que lorsqu'on voit le bœuf gras se promener dans les rues, on prend en pitié l'éléphant de la Bastille, et en voyant ce Lepeintre jeune des ruminants, on est réellement fier d'être Français, surtout quand on y joint encore la qualité de Normand.

Pauvre bœuf, il ne lui sera pas donné, à lui, de revoir sa Normandie!

Après ça, que la brillante cavalcade qui entoure ce monarque des abattoirs rehausse singulièrement l'éclat de sa royale promenade!

Car le peuple est ainsi fait : si un roi, fût-il excessivement puissant, se promène comme un simple bourgeois dans la rue, sans le moindre attribut, personne n'y fait attention, personne même ne songerait à lui trouver un air majestueux; — mais qu'il ait seulement une dizaine de gardes, fussent-ils espagnols, soudain on s'écrie et on se récrie! — J'avoue que les écuyers cavalcadours ordinaires de sa majesté le bœuf gras mériteraient seuls une foule de hurrahs.

Poussons donc des hurrahs et pour le bœuf normand et pour les écuyers espagnols!

On en chercherait de pareils de rencontre qu'on n'en trouverait pas; je crois qu'on les a fait confectionner exprès, et ce sont toujours les mêmes qui servent depuis cinquante ans. — Ah! les beaux Espagnols, les superbes Espagnols!

C'est un bien grand honneur que d'accompagner ainsi le bœuf gras dans sa tournée triomphale; mais, comme tous les honneurs du monde, il n'est pas sans quelque danger.

Dans le cours de ses visites officielles aux principales autorités de l'Etat, le bœuf ne se conduit pas constamment en mouton; et il arrive parfois, soit qu'il ait des vapeurs, soit qu'il lui répugne d'aller mettre une carte chez un ministre dont il ne partage pas les opinions politiques,— il arrive, disons-nous, que le bœuf se conduit en véritable sauvage vis-à-vis de ceux qui l'accompagnent, et d'un coup de tête il les envoie voltiger dans les airs comme des papillons, — sans s'inquiéter s'ils iront se poser sur des roses ou sur des pavés.

Mais cet incident ne suspend pas la cérémonie, et l'auguste cortége ne tarde pas à reprendre sa marche, aux acclamations générales ; — et comme le bœuf est, en général, assez taciturne, c'est son précepteur ou son acquéreur qui se charge de saluer à droite et à gauche et d'adresser un aimable sourire aux dames qui agitent leur mouchoir, et qui manifestent même l'intention de jeter leur bouquet.

Il est un suprême honneur réservé probablement au bœuf gras de la présente année, c'est d'être servi sur la table de la reine Victoria, — sinon tout entier, au moins sous la forme d'un léger beefteack, en échange de l'hommage britannique offert dernièrement avec tant de cordialité.

Les petits, non, je veux dire les gros aloyaux entretiennent l'amitié!

Ah! si le bœuf gras se doutait de son bonheur, comme il ferait sa tête! il serait capable, dans sa joie, de faire voltiger huit ou dix sauvages de plus que d'habitude.

Quand un bœuf est joyeux, il aime que tout le monde se ressente de sa félicité.

X.

Mabille, Valentino, le Prado, etc., etc.

A Paris, le cancan est comme l'amour, il est de toutes les saisons; et c'est surtout en fait de bals publics qu'on peut dire : Quand il n'y en a plus, il y en a encore !

Mabille et Lahire se disputent les danseurs d'été, Valentino et le Prado s'arrachent les danseurs d'hiver, — lesquels du reste sont absolument les mêmes.

Mais que parlons-nous de Lahire et de Mabille ! — ces grands noms n'existent plus désormais que sur les tablettes d'airain de l'histoire !

Le père Lahire, qu'il n'est plus permis maintenant que d'appeler respectueusement M. Lahire depuis qu'il est électeur, éligible et presque député, a vendu tout récemment son fonds de danse à un personnage dont le nom n'est pas encore arrivé jusqu'à nos oreilles, mais qui deviendra célèbre dès le printemps prochain, quand, à l'instar de son illustre prédécesseur, il sera là en personne pour faire la paternelle police de son établissement mazurkant.

Le prix de la vente de la Grande-Chaumière a été fixé à la bagatelle de cinq cent mille francs. — Vous voyez qu'il faut furieusement de contredanses à quatre sous pour faire cette somme. J'aurais une crampe au gras du mollet, rien que d'y penser, si je pouvais parvenir à trouver le gras de mon mollet!

Quant au non moins illustre Mabille, il est actuellement aux Champs-Elysées, mais non pas à ceux qui sont auprès de l'arc-de-triomphe de l'Etoile; — dans les premiers jours de janvier, il a passé le Styx sur la barque à Caron, — barque à péage, qui est le pont des Arts de l'endroit!

Du reste, pleurez sur l'homme, mais ne pleurez pas sur l'établissement, le bal Mabille restera plus que jamais le bal Mabille; sa veuve continue son commerce, même rue, même numéro, aux Champs-Elysées, le trois cent quatre-vingt-septième arbre, à main gauche.

Les bals publics non travestis ont un avantage sur les bals masqués, c'est d'offrir aux yeux du public idolâtre certaines héroïnes qui, à dix heures, donnent la représentation d'une polka ou d'une mazourka toute spéciale!

La Grande-Chaumière a rendu célèbres Maria et Clara, qui ont partagé le public en deux grandes factions, les *Marionnettes* et les *Clarinettes*.

Mabille montre avec orgueil la reine Pomaré et Céleste Mogador.

Le Ranelagh possède aussi ses illustrations, et presque toutes les dames ont eu les honneurs de la biographie, de la lithographie et du vaudeville !

Aussi ont-elles de nombreuses rivales, qui toutes également aspirent à la gloire et à la gravure sur bois.

Voilà pourtant ce que c'est que la renommée. — Une polka vous rend aussi illustre que la plus grande bataille du monde!

De tous les établissements dansants, le plus ancien est aujourd'hui le Ranelagh, qui a survécu à Tivoli et au jardin Marbeuf, ses contemporains, qui brillèrent avec lui d'un si vif éclat pendant le Directoire et le règne de Napoléon.

Bien de grands personnages ont été culbutés, bien des trônes se sont écroulés; mais au milieu de ces catastrophes, les clarinettes et les cors du Ranelagh, semblables à l'homme intrépide dont parle Horace, ont toujours soufflé dans leur instrument avec le même calme, sans s'inquiéter de tous ces débris qui tombaient de toutes parts, et qui pouvaient endommager leur tête.

La seule révolution dont ils aient ressenti les effets, c'est que leur cornet du temps de l'Empire a partagé les progrès de la civilisation, et a consenti à se laisser pistonner.

Du reste ils continuent à jouer avec le même calme, — et, nous ajouterons, avec le même sans-gêne !

La Grande-Chaumière date aussi d'une époque lointaine, elle est également âgée presque d'un demi-siècle : — bien des palais n'ont pas duré autant.

Cette réflexion, aussi profonde que peu neuve, n'est pas de moi ; elle est d'un architecte de mes amis, qui, à ses moments perdus, fait un peu de philosophie.

Le bal Valentino est de tous le plus récent, il ne remonte guère qu'à une huitaine d'années; — vous n'ignorez pas qu'on le nomme *Valentino,* parce qu'il est situé rue *Saint-Honoré* et qu'il a été fondé par M. *Chabrant.*

Quant au bal du Prado, il a une légende assez curieuse, et, pour un instant, nous allons faire le chroniqueur à la façon d'Alexandre Dumas, — sauf que nous ne vous dirons pas la moindre... craque !

Une foule de gens s'imaginent qu'on ne danse sur les ruines d'un monastère qu'à l'Opéra, et encore seulement au troisième acte de *Robert le Diable.* Erreur! Le Prado est une preuve vivante et polkante de la fausseté de cette opinion.

Le bal du Prado est établi sur les fondations de l'ancienne église Saint-Barthélemy, l'un des monuments les plus intéressants du Paris moyen âge.

On voit encore deux débris de cette église Saint-Barthélemy : ce sont deux colonnes auprès desquelles s'agenouillaient jadis des moines et contre lesquelles s'appuient aujourd'hui des gardes municipaux, qui, du reste, sont là aussi pour adresser des prières... aux étudiants qu'ils supplient de modérer l'ardeur de leur polka.

Quand la prière ne suffit pas, ils joignent à leur supplique une pantomime vive et animée qui aide beaucoup à les faire comprendre.

L'église Saint-Barthélemy ne se transforma pas immédiatement en une salle de bal; mais sa première métempsycose ne fut pas moins profane, car c'est là que fut établi le théâtre sur lequel, il y a cinquante ans, débutèrent deux des plus grandes illustrations comiques de l'époque, Potier et Brunet.

Il y a cinquante ans, tout comme au temps de Bilboquet, l'art dramatique était dans le marasme ; le directeur de ce théâtre tourna au Cabochard.

Les maçons vinrent alors prendre possession de ce lieu et le transformèrent en paroisse du *Grand-Orient* — On prétend que Napoléon lui-même, au temps où son nom se prononçait Bonaparte, assista à plusieurs des réunions qui eurent lieu dans ce local ; ce qu'il y a de certain, c'est qu'on voit encore aujourd'hui au Prado un fauteuil doré dont l'impératrice Joséphine fit présent à un vénérable de loge. Ce fauteuil sert de trône à la reine du lieu, à Clara Ire.

Car nous voici arrivés à l'époque où l'église Saint-Barthélemy cesse d'être théâtre et temple maçonnique pour porter le nom de Prado, et devenir succursale de la Terpsichore parisienne. C'est là que le dimanche, le lundi et le jeudi, une foule de nonnes, un peu plus vêtues, il est vrai, que celles de *Robert le Diable*, mais non moins folâtres, se mettent à polker et à mazurker pour séduire les jeunes étudiants qui jouent le rôle de Robert et qui, à l'instar du chevalier normand, ne tardent pas à se laisser aller aux attraits du cancan.

Grande-Chaumière de l'hiver, le Prado voit maintenant

sous ses plafonds les ébats chorégraphiques que couvrent les ombrages du père Lahire depuis la saison des petits pois jusqu'à celle du chasselas. Il a tout autant de vogue et ne compte pas moins de municipaux que son rival d'été; la seule différence, c'est qu'on danse chez Lahire en pantalon blanc, et qu'au Prado les gens économes, qui veulent économiser les frais du vestiaire, ont le droit de faire un

avant-deux avec un manteau garni de fourrures, ce qui lui

donne un faux air de l'ours de Schahabaham se livrant à son plus gracieux exercice.

Outre la Chaumière, Mabille, le Prado et Valentino, il y a encore une foule d'autres lieux où l'on danse à Paris; mais le catalogue en serait beaucoup trop long, et nous laissons ce soin aux amateurs de ce genre de travail.

Il nous suffira de dire qu'un document officiel nous apprenait que, le jour du mardi gras de l'année 1844, on comptait, à Paris ou hors barrière, trois cent quatre-vingt-sept établissements publics, tels que théâtres, salles de bal et salons de restaurateurs ou de marchands de vin, où l'on dansait avec la permission de l'autorité, et sous les yeux approbateurs d'au moins un garde municipal, sergent de ville, ou gendarme *extra muros*.

XI.

Suites fâcheuses de la Danse.

Si l'on pouvait toujours prévoir au juste ce qu'il doit en coûter pour aller au bal masqué, bien des bourgeois se refuseraient ce délassement, — qui, pour suite la plus immanquable, produit le lendemain une courbature générale.

Mais, à moins d'être l'ami intime de Barestadamus qui, en sa qualité d'auteur de l'*Almanach prophétique*, lit plus couramment dans les astres que vous dans le *Charivari*, il est difficile de savoir ce qui doit arriver le lendemain d'un bal de l'Opéra.

Je sais bien qu'à la rigueur on a le marc de café, qui est une denrée coloniale aussi prophétique au moins que les étoiles; mais j'aurais peu de goût pour cette consultation, car on doit ne voir dans ce résidu que des choses fort noires, — et même très-amères quand l'épicier a mis moitié chicorée dans sa livraison de confiance. — Or, la plupart du temps il met trois quarts de chicorée, et alors il profite de cela pour vendre son café comme étant entièrement moka.

Du moment où ils ne savent déchiffrer ni dans le marc de café ni dans la voie lactée, les mortels vont donc au bal, dans la pleine confiance qu'ils en seront quittes pour les déboursés portés au tarif, c'est-à-dire le fiacre ou le décrotteur, le billet d'entrée, un bouquet de violettes et une bavaroise au lait pour souper à sept heures du matin : — souper doublement économique, puisqu'il sert en même temps de déjeuner.

Outre le chapitre des rhumes plus ou moins de cerveau, auxquels on ne songe jamais, et qui pourtant sont une suite si fréquente des nuits de carnaval, il y a le chapitre des bonnes fortunes, qui vont souvent beaucoup plus loin qu'on ne pensait.

Alors vous maudissez la nature qui vous a fait naître si joli garçon!

Quand cette bonne fortune ne conduit que rue Notre-Dame de Lorette ou Breda street, c'est bien ; le plus fâcheux qu'il puisse vous arriver, c'est de vous rencontrer deux ou trois visiteurs accrochés, au même instant, au même cordon de sonnette.

Stupéfaction, — tableau!

Après la condition sociale du cheval d'omnibus, je ne connais pas d'emploi plus fatigant que celui de cordon de sonnette, rue Notre-Dame de Lorette.

Mais si la bonne fortune est complète, si on a eu ses blonds cheveux couronnés de roses par les mains d'une

femme honnête, ce qui se traduit par complétement mariée, — il arrive des rencontres bien autrement fâcheuses que celles du cordon de sonnette, Breda street !

Un beau matin, au lever de l'aurore, on se trouve nez à nez avec un monsieur qui s'est également levé avec l'aurore, mais qui n'arrive pas avec un visage couleur de rose; il est du jaune le plus safran, le plus conjugal que l'on puisse imaginer ; et, sous prétexte que vous l'avez blessé, il veut absolument vous tuer ! — Quelle singulière manière de raisonner !

Fort heureusement que tous les maris n'ont pas cette rage de dépopulation de la France, et bon nombre d'entre eux se contentent d'appeler leur adversaire sur le terrain de la police correctionnelle—et de faire empoigner par la gendarmerie leur infidèle moitié.

Un statisticien officiel du ministère de la justice et des

maris chagrinés a relevé dernièrement le chiffre exact des couples en faveur desquels les juges ont prononcé la séparation de corps dans le cours de l'année 1844 : — ce chiffre monte à huit mille sept cent vingt-trois.

Paris en réclame deux mille pour son contingent ; — et sur ces deux mille, Musard peut bien en réclamer quinze cents pour sa part !

Qu'on vienne encore nous chanter que l'hymen est un lien charmant ! Il paraît qu'il n'a que médiocrement charmé les huit mille couples en question.

Or comme il en coûte environ cinq cents francs pour tous les frais de paperasses qu'entraîne une séparation de corps, il s'ensuit que, si cet agrément était mis à la portée de toutes les fortunes, ou, si vous aimez mieux, de toutes les infortunes, ce total déjà si respectable de huit mille sept cent vingt-trois sinistres conjugaux serait porté à un chiffre au moins triple, en statistiquant sans la moindre exagération.

L'année 1845 s'annonce d'une manière bien plus fâcheuse encore en fait de sinistres conjugaux : depuis le 1er janvier, les papiers publics ne sont remplis que d'anecdotes qui font frémir la nature en général et les maris en particulier ! —

toujours par suite de l'immense succès des bals de l'Opéra!

On ne voit que des récits de lettres interceptées, d'amants surpris dans des armoires ou dans des pots à beurre, de fiacres à rideaux rouges arrêtés dans leur course par des maris aussi infortunés qu'essoufflés, etc., etc.

Et notez que nous sommes encore à la bienheureuse époque de l'année où l'influence des étrennes se fait sentir, c'est-à-dire où toutes les femmes et toutes les portières sont dans leur lune de fidélité et de douceur.

Du reste, ce qui prouve mieux que toutes les statistiques et tous les totaux du monde la situation conjugale en France depuis l'abolition du bienheureux divorce, c'est que, parmi les centaines d'industriels qui ont établi des milliers de sociétés en commandite pour assurer les hommes et même les bêtes à cornes, contre le feu, —la pluie —le tonnerre, — la jaunisse, — les rhumes de cerveau, — la grêle et autres tremblements, il ne s'est pas rencontré un seul spéculateur assez hardi pour assurer les maris contre les sinistres conjugaux.

En présence des effrayants calculs du statisticien du ministère de la justice, M. Gabriel Delessert, le plus moral de tous les préfets de police, avait songé un instant à défendre tout bal public ou privé ; — mais un autre statisticien, non moins officiel et non moins consciencieux, lui ayant prouvé, plume et chiffres en main, que, dans les villes de France où Musard et son bal n'avaient pas encore été inventés, les sinistres conjugaux n'étaient pas moins nombreux, M. Delessert a toléré jusqu'à nouvel ordre et Musard et sa polka.

Mais ce ne fut pas sans accorder une larme aux maris qui devaient être victimes de son indulgence pendant le carnaval de 1845.

Une larme à partager entre huit mille infortunés, — c'est bien peu !

Enfin, que voulez-vous, le meilleur préfet de police du monde ne peut donner que ce qu'il a de disponible.

Aussi donc, maris, si vous voulez m'en croire, prenez un travestissement quelconque, et allez vous-mêmes au bal pour surveiller vos trop légères moitiés!

XII.

La Descente de la Courtille et le Mercredi des Cendres.

La descente de la Courtille serait un des spectacles les plus curieux que l'on pût imaginer ; — mais, par malheur, on ne peut même pas l'imaginer !

Cette fameuse cérémonie est encore une de ces traditions inventées par la police impériale pour occuper les badauds de tous les régimes.

Chaque année, la descente de la Courtille se compose uniquement des piétons qui montent la rue du Faubourg-du-Temple pour aller jouir du spectacle dont eux seuls sont les acteurs.

Comme ces personnages ont les joues cramoisies et le nez bleu, — grâce au froid piquant qui règne toujours à six heures du matin dans le mois de février, — cette agréable teinture donne à nos flaneurs un faux air de masque en paletot, et chacun est convaincu que son voisin est un satané farceur qui vient de passer la nuit au bal.

En réalité, tous les individus qui sont à la Courtille n'en descendent pas le mercredi des Cendres, à sept heures du

matin, par la raison excellente qu'il leur est impossible de retrouver l'usage de leurs jambes avant six ou huit heures du soir de la même journée.

Ce qui n'empêche pas que jusqu'à la fin des siècles et du carnaval, les Parisiens se laisseront éternellement mystifier, et ne manqueront pas de répéter à leurs enfants, qui le rediront à leurs petits-neveux, que la descente de la Courtille est un spectacle excessivement curieux.

Seulement, chacun ajoute qu'il ne l'a jamais pu bien contempler, parce que, pendant dix ans de suite, il s'est rendu au faubourg du Temple, le mercredi des Cendres, une heure trop tôt, et que, pendant dix autres années, il est constamment arrivé une heure trop tard.

Au bout de vingt tentatives infructueuses, notre Parisien, se croyant poursuivi par un guignon tout particulier, renonce la plupart du temps à cet exercice par trop matinal ; mais il engage bien son fils à le remplacer et à tâcher d'être plus heureux que son enguignonné de père!

Du reste, si c'est pour prendre une haute leçon de morale et de philosophie que l'on se rend au faubourg du Temple, il n'est pas besoin, pour cela, d'attendre le jour spécial du mercredi des Cendres.

Toutes les fois que l'on sort du bal vers six heures du

matin, on se trouve nez à nez dans les rues de Paris avec des balayeuses qui, mieux que personne au monde, peuvent vous dire les paroles sacramentelles : « Souviens-toi que tu n'es que poussière, et que tu retourneras en poussière. »

Et ce discours vous fait apercevoir que, tout en bâillant

d'une manière démesurée, vous mettez les pieds dans un énorme tas de boue!

Morale. — Allez au bal, mais revenez toujours en voiture.

TABLE.

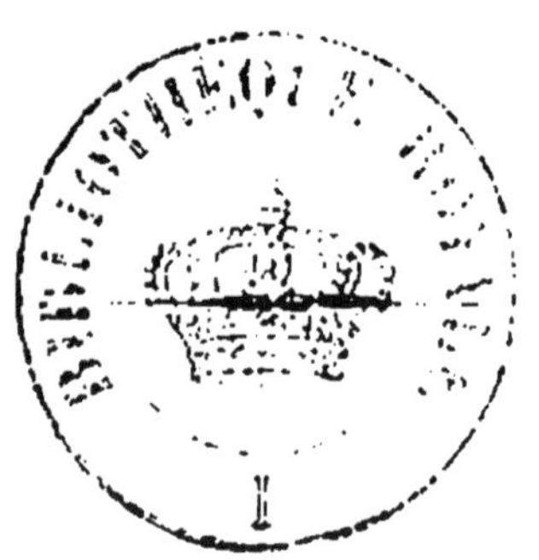

www.ingramcontent.com/pod-product-compliance
Ingram Content Group UK Ltd.
Pitfield, Milton Keynes, MK11 3LW, UK
UKHW020353230726
13925UKWH00003B/1107